Dirección editorial: M.ª Jesús Díaz
Textos: Eduardo Trujillo
Revisión: Equipo Susaeta
Ilustraciones: F. Valiente / Equipo Susaeta

© SUSAETA EDICIONES, S.A. - Obra colectiva
C/ Campezo, 13 - 28022 Madrid
Tel.: 91 3009100 - Fax: 91 3009118
www.susaeta.com

Cualquier forma de reproducción o transformación de esta obra
sólo puede ser realizada con la autorización del titular del
copyright. Diríjase además a CEDRO (Centro Español de Derechos
Reprográficos, www.cedro.org) si necesita fotocopiar o escanear
algún fragmento de esta obra.

ORÍGENES DE LA AVIACIÓN

Desde el comienzo de su historia, el ser humano se sintió fascinado por la capacidad de las aves de poder volar. Con mucho esfuerzo y tras numerosos intentos frustrados, algunos valientes lograron poner en práctica este sueño.

El profesor **Jean François Pilâtre** fue uno de los grandes pioneros de la aviación. En 1785 murió intentando cruzar en globo el Canal de la Mancha, convirtiéndose en la primera víctima de un accidente aéreo. **Dicen que los gatos siempre caen de pie. ¡Busca uno!**

En el siglo XIX se multiplicaron los prototipos de planeadores capaces de despegar y ser dirigidos. Como mucho lograban volar unos pocos metros antes de caer al suelo.

¿Ves 1 avión de juguete?

Un ingenioso inventor fue el italiano Leonardo da Vinci, quien en el siglo XV diseñó una espectacular máquina voladora. Su idea dio lugar, años más tarde, a la creación de los primeros aviones. Además, también ideó un helicóptero. No se sabe si estos prototipos llegaron a fabricarse y ponerse a prueba, pero los planos con su diseño han llegado hasta nuestros días. **18 personas llevan sombrero, ¿las ves?**

El ansia de volar está presente en la mitología. Se cuenta que el arquitecto Dédalo fabricó unas alas con plumas y cera. Su hijo, Ícaro, voló con ellas demasiado cerca del sol, de modo que la cera se derritió y el joven cayó al mar, donde murió. **¿Ves 5 sombrillas?**

En 1890 el francés Clement Ader construyó un avión, equipado de un motor de vapor, al que llamó Eole. Aunque sólo voló 50 metros, fue todo un éxito y se considera el primer vuelo autopropulsado de la historia. Hay 3 patos que vuelan muy bien.

A principios del siglo XX se produjeron grandes avances. El brasileño Santos Dumont consiguió volar a 3 metros de altura a lo largo de una distancia de 60 metros con un avión fabricado por él mismo. A 1 perro no le importa nada el avión. ¿Lo ves?

LOS DIRIGIBLES

Un dirigible es una aeronave provista de un gran depósito donde se almacena un gas más ligero que el aire. A diferencia de los globos, se autopropulsa y tiene capacidad de maniobra, con lo que puede dirigirse como un avión.

Hay 1 objeto que no es de esta época, ¿lo ves?

A principios del siglo XX, los dirigibles ofrecían grandes ventajas frente a los aeroplanos. Podían llevar una carga mayor, realizar largas travesías y aterrizar prácticamente en cualquier terreno. ¿Podrás ver 4 policías?

Hindenburg 245 m.

Airbus A380 79 m.

Torre Eiffel 324 m.

Los dirigibles más grandes los construyó en Alemania el conde von Zeppelin. En la Primera Guerra Mundial se utilizaron para bombardear Inglaterra. Alguien no encuentra su moto. ¿Le ayudas?

Titanic 270 m.

Este medio de transporte tenía puntos débiles. Era muy frágil ante las condiciones meteorológicas adversas, como el viento o la nieve. Además, su gran envergadura no se correspondía con su capacidad de carga. Tienes que buscar la avioneta del Barón Rojo.

El Hindenburg fue el mayor dirigible de su época. Alcanzaba una velocidad de 135 km/h y sobrevolaba el océano Atlántico para conectar Alemania con Estados Unidos y Brasil. ¿Ves 9 avionetas?

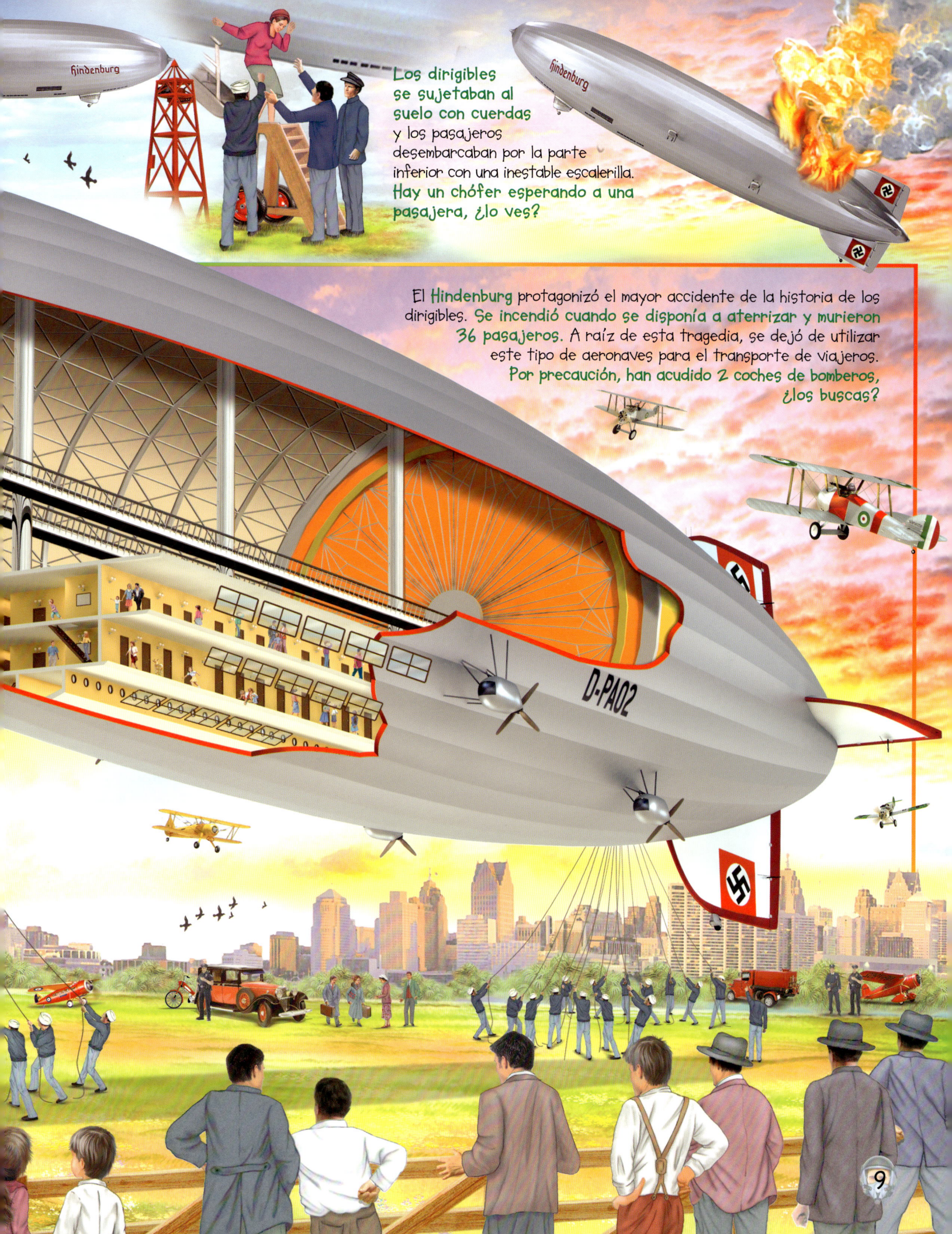

Los dirigibles se sujetaban al suelo con cuerdas y los pasajeros desembarcaban por la parte inferior con una inestable escalerilla. Hay un chófer esperando a una pasajera, ¿lo ves?

El Hindenburg protagonizó el mayor accidente de la historia de los dirigibles. Se incendió cuando se disponía a aterrizar y murieron 36 pasajeros. A raíz de esta tragedia, se dejó de utilizar este tipo de aeronaves para el transporte de viajeros. Por precaución, han acudido 2 coches de bomberos, ¿los buscas?

LOS BIPLANOS

Estos aviones se caracterizan por tener dos grupos de alas fijas, que se unen entre sí para reforzar la estabilidad de la nave. Fueron muy populares en la primera época de la aviación, por ser muy maniobrables a la vez que ligeros. Hoy se usan sobre todo en aviación deportiva y tareas de fumigación agrícola.

Hay 3 animalillos que huyen de tanto ruido. ¿Los ves?

En un intento de mejorar la estabilidad, se aumentó el número de alas de estos aviones, que llegaron a tener tres (triplanos), cuatro o incluso más grupos de alas. ¡Parecía que llevaban una persiana encima! **Estos mecánicos han perdido 3 herramientas.**

Los hermanos Wright hicieron historia en 1903 cuando, tras muchas pruebas, lograron fabricar un biplano de madera capaz de propulsarse por sus propios medios, el Wright Flyer. A 4 pilotos se les han caído las gafas. ¡Búscalas!

AVIONES Y LEYENDAS

La historia de la aviación se ha escrito a base de valentía y arrojo. Las grandes hazañas de estos intrépidos pilotos han convertido a sus protagonistas en héroes y sus proezas merecen ser recordadas.

En 1926, el **hidroavión español Plus Ultra,** pilotado por Ramón Franco y Julio Ruiz de Alda, cruzó el Atlántico para viajar de España a Argentina. Recorrió más de 10.000 km en varias etapas y supuso un gran éxito en su momento. **Hay 2 aviones que no son de esta época.**

Hay 7 pares de alas rojas. ¿Las ves?

El alemán Manfred von Richthofen, más conocido como **Barón Rojo, fue un as de la aviación durante la Primera Guerra Mundial.** Se calcula que derribó más de 80 biplanos enemigos. **Tienes que buscar 1 avión sin piloto.**

El Sopwith Camel se convirtió en una leyenda. Los británicos consiguieron con él más victorias que con ningún otro avión durante la Primera Guerra Mundial.

La guerra supuso un notable impulso en la **investigación de nuevos diseños, motores y materiales.** Al acabar la contienda, estos avances se aplicaron a la aviación civil y así pudieron realizarse grandes viajes transcontinentales, que con el tiempo se convertirían en rutas regulares de las compañías aéreas. **Tienes que encontrar 4 paracaidistas que han saltado del avión.**

Charles Lindbergh fue el primero en cruzar el océano Atlántico en solitario y sin escalas. En 1927, voló de Nueva York a París a bordo del Spirit of Saint Louis, un aeroplano diseñado expresamente para ese viaje. ¿Serás el primero en ver un avión con el ala rota?

En 1932, la americana Amelia Earhart fue la primera mujer que cruzó el Atlántico en solitario. Además, consiguió otros muchos récords de aviación que le dieron una gran fama. ¿Ves un avión con el número 13?

LOS BOMBARDEROS

Son aviones militares diseñados para cargar municiones y explosivos, con el fin de lanzarlos después sobre los objetivos enemigos situados en tierra o mar.
Algunos pueden lanzar potentes misiles de largo alcance.

¿Serás capaz de ver dónde lleva las bombas el bombardero?

La misión de los bombarderos es destruir las fuerzas del enemigo. Atacan sobre todo los blancos estratégicos, como puentes, fábricas o bases de suministros.

Con este, hay 7 cazas en toda la página.

La pesadilla de los grandes bombarderos son los cazas, aviones de guerra pequeños, veloces y ligeros provistos de armamento. ¡Ataca buscando las 14 bombas que han soltado los bombarderos!

Se ha colado el Barón Rojo. ¿Lo ves?

El Boeing B-17G Flying Fortress fue un famoso bombardero americano de la Segunda Guerra Mundial. Podía cargar hasta 8.000 kg de bombas. Han saltado 6 paracaidistas.

LOS CAZAS

Estos aviones de combate forman parte de las fuerzas militares de los países. Desde la Segunda Guerra Mundial, son una herramienta clave a la hora de disputar una batalla.

La aeronave más cara del mundo es el B-2 Spirit. Se calcula que cada avión tiene un coste de 2.200 millones de dólares. Gracias a su moderna tecnología, resulta muy difícil de detectar por los radares. Tienes que encontrar 3 cascos de piloto.

Hay un error en el armamento del caza. ¿Lo ves?

Los aviones de combate modernos tienen sistemas de inteligencia para localizar y rastrear al enemigo. Son tan rápidos y ágiles que abatirlos resulta muy complicado. ¿Ves 4 soldados que llevan pistola?

Se llama «misiles aire-aire» a los proyectiles que dispara una aeronave para abatir a otra. Los hay de corto, medio y largo alcance. Estos últimos utilizan guías por radar para alcanzar su objetivo. Hay un soldado barriendo el hangar, ¿lo ves?

Los **kamikazes** formaban una unidad especial en la Armada Imperial Japonesa. En la Segunda Guerra Mundial, **realizaron ataques suicidas** estrellando sus aviones cargados de bombas contra los objetivos enemigos. Así, se aseguraban de dar siempre en el blanco. **Ten cuidado al buscar 5 rifles.**

El X-43A es un **avión experimental no pilotado**. Desarrollado por la NASA, alcanza velocidades de más de 8.000 km/h.

¿Serás tan rápido como para ver 4 cajas de munición?

LOS HIDROAVIONES

Estos aviones tienen, en lugar de ruedas, unos flotadores. De este modo pueden amerizar y despegar desde el agua. También hay hidroaviones cuyo fuselaje funciona como el casco de un barco cuando están en el agua.

Un pez espada puede pinchar la balsa.

Cuando permanece quieto en el agua, el hidroavión echa el ancla, como un barco, o bien está amarrado en un puerto. ¿Ves 3 cajas de madera del naufragio?

Los hidroaviones desempeñan un papel muy importante en la **extinción de incendios**, al poder recoger agua y dejarla caer sobre el fuego. Desde el aire, podrás ver 2 contenedores verdes que ha perdido el barco.

El **Short S.25 Neerlandés** fue un potente hidroavión utilizado por los británicos en la Segunda Guerra Mundial. Entre sus misiones, estaba el rescate de los tripulantes de barcos torpedeados. ¡Busca 2 barriles!

Los **hidroaviones anfibios** tienen ruedas además de flotadores. Así pueden despegar y aterrizar tanto desde el agua como desde tierra. Hay 3 delfines que han salido a ver qué pasa.

ALTA TECNOLOGÍA

Velocidad supersónica, aviones indetectables por los radares, repostaje en pleno vuelo... La investigación aeronáutica es imparable y las naves de combate adoptan constantemente los últimos avances tecnológicos. Todo persigue un único fin: mostrar la fuerza de los Estados y desalentar a los posibles enemigos.

Un **asiento eyectable** se utiliza sólo en casos extremos. El asiento y el piloto salen disparados lejos de la nave y después se despliega un paracaídas. **¡Te salvarás si ves un dirigible!**

No sé qué hacen aquí 3 globos aerostáticos. ¡Búscalos!

El **repostaje en vuelo** permite a los cazas realizar vuelos más largos. El avión nodriza se acerca al avión receptor y le transfiere el combustible. Hay varios sistemas para llevarlo a cabo, desde una pértiga o tubo rígido hasta mangueras flexibles que se acoplan a las aeronaves. **¿Serás capaz de ver una avioneta con las alas verdes?**

La mayoría de los aviones de combate son **supersónicos**, es decir, superan la velocidad del sonido. Al romper esta barrera se produce una explosión sónica. **¡Busca una avioneta que hace acrobacias!**

La **cabina de un caza** está equipada con todo tipo de mandos para controlar hasta el detalle más mínimo de la aeronave. **¿Podrás tú con 3 paracaidistas que han saltado de su avión?**

LOS HELICÓPTEROS

Estas útiles aeronaves se caracterizan por tener alas giratorias, con la capacidad de sostenerse en el aire. Son ligeros y muy maniobrables, ideales para despegar y aterrizar en espacios reducidos.

La característica principal del helicóptero es el **rotor**. Este mecanismo consiste en un mástil vertical situado sobre el helicóptero del que salen dos o más palas. Al girar **elevan la nave verticalmente** y también le sirven de impulso hacia todas las direcciones. ¿Ves 6 renos?

Hay 4 animales que no deben estar aquí, ¿los ves?

Los helicópteros son muy útiles en **tareas de rescate**. A diferencia de otras aeronaves, no necesitan pista de aterrizaje y pueden llegar a lugares poco accesibles. ¿Puedes ver 4 ardillas que han venido a curiosear?

En el siglo XV **Leonardo da Vinci** dibujó el plano de una máquina voladora que sería el antepasado del actual helicóptero. **Tienes que ver 5 liebres de las nieves.**

El español **Juan de la Cierva** inventó en 1923 el autogiro, un aeroplano al que se añadió un rotor. Este sistema de palas giratorias está diseñado para sustentar e impulsar una aeronave. ¿Ves el animal que han rescatado?

GRANDES AVIONES

El desarrollo de la aviación comercial provocó la aparición de numerosas compañías aéreas. Éstas fueron contando con aviones cada vez más grandes y modernos, que han hecho de volar una experiencia agradable y al alcance de casi todo el mundo.

Se ha perdido una maleta. ¿La buscas?

En 1952 apareció el **primer avión de pasajeros con motores a reacción**, el De Havilland Comet. Contaba con una **cabina presurizada y climatizada** para poder elevarse a gran altura. No obstante, su diseño resultó ser defectuoso y provocó varios accidentes con víctimas mortales. *Ten cuidado al buscar 7 niños.*

En los años 30 y 40 del siglo XX, el **avión de pasajeros Douglas DC-3** revolucionó el transporte aéreo por su moderno diseño y gran potencia. En él cabían unos 30 pasajeros y alcanzaba una velocidad de 320 km/h. *Un viajero lleva una maleta roja. ¿Lo ves?*

Los aviones de pasajeros se fueron perfeccionando para ser cada vez **más grandes y potentes**. En unos pocos años, los **vuelos transoceánicos entre París y Nueva York** alcanzaron la velocidad del sonido y fueron capaces de transportar a más de 100 pasajeros. *Un perro se ha colado y no encuentra a su dueño.*

- Cabina de mando
- Radar
- Bar
- Escalera a la cubierta superior
- Primera clase
- Restaurante
- Bodegas de carga
- Tren de aterrizaje de 22 ruedas

24

La empresa norteamericana **Boeing**, fundada en 1916, es el **mayor fabricante de aviones del mundo**. Desarrolló la tecnología de los motores de reacción y los empleó con éxito en sus aviones comerciales. **Se han colado dos militares. ¿Los ves?**

En 1970 aparecieron los aviones de tres filas de asientos. El primero fue el Boeing 747, o Jumbo, capaz de transportar hasta 500 pasajeros.

Serás el más grande si encuentras a una pasajera con una bolsa verde.

El Airbus A380 es el **avión de pasajeros más grande del mundo**, capaz de transportar a 853 personas. Mide 73 m de longitud y 24 m de altura. En las alas tiene grandes depósitos de combustible, con una capacidad de 300.000 litros. Puede cargar 150 toneladas, aunque está preparado para aumentar esa cifra hasta 600, y tiene una autonomía de casi 10.500 km.

- Cabinas privadas
- Ascensor
- Cocinas
- Filas de asientos
- Unidad de energía auxiliar
- Aseos
- Filas de asientos
- Despensa
- Tanques de combustible
- Flaps
- 4 motores de 3 m de diámetro

AEROPUERTOS

El aeropuerto más grande del mundo está ubicado en Pekín, China. Se amplió para dar cabida a los numerosos visitantes que tuvo la ciudad durante los Juegos Olímpicos de 2008 y es capaz de recibir a 76 millones de pasajeros cada año.

Los animales pueden viajar en cabina o en la zona de equipajes, siempre dentro de jaulas o recipientes adecuados. Tienes que encontrar 6 contenedores.

La **torre de control** es un edificio imprescindible. Desde allí se dirige y controla todo el tráfico del aeropuerto. ¿Puedes buscar 3 camiones?

¿Donde está la torre de control?

Los aeropuertos cuentan con **altas medidas de seguridad**, como escáneres para detectar objetos que están prohibidos a bordo. ¿Ves 3 grúas en el aeropuerto?

La **recogida de equipajes** está muy bien organizada. Las maletas se desplazan por una cinta transportadora y cada viajero debe identificar y recoger las suyas. ¿Reconoces 4 helicópteros?

A menudo, en los grandes aeropuertos hay **perros policía**, adiestrados para detectar drogas o explosivos. ¿Serás capaz de encontrar 3 coches amarillos?

El **Aeropuerto Internacional de Pekín**, tras su remodelación, es tan grande como una pequeña ciudad. Tiene una longitud de más de 3 km, 175 escaleras mecánicas y unos 60 restaurantes. En él operan 24 compañías aéreas.

LOS ULTRALIGEROS

Son aviones de poco peso que alcanzan una velocidad limitada y vuelan a escasa altura. Constan tan sólo de una o dos plazas y su consumo de combustible no es muy elevado, lo que los hace asequibles para un mayor número de aficionados a la aviación.

¿Cómo gira un avión en el aire?

Los alerones inclinan el avión lateralmente.

El timón de cola controla la desviación.

Los alerones de cola controlan la inclinación frontal.

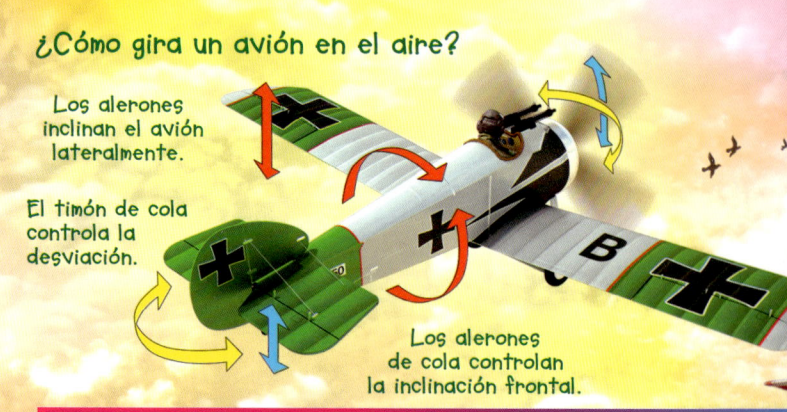

7 animales comparten la diversión de los pilotos.

El **parapente** consiste en hacer **descensos controlados** con un paracaídas adaptado para este deporte. Hay **9 paracaidistas** en total.

Los **ultraligeros más simples** consisten en unos pocos tubos, tres ruedas, un pequeño motor y un par de alas. ¿Ves **2 más**?

Un planeador no tiene motor. Despega ayudado por un remolque y se sustenta en el aire gracias a las corrientes. Por eso, su diseño está pensado para oponer la menor resistencia al aire. Es ligero y tiene grandes alas. ¡Vuela y encuentra 5 planeadores más!

A algunos paracaídas se les ha incorporado una silla y un pequeño motor, para que tengan autonomía y no dependan del viento. A todo gas, busca 4 más.